LE ROI SUPERBE

d'Anouk Bloch-Henry
illustré par Olivier Latyk

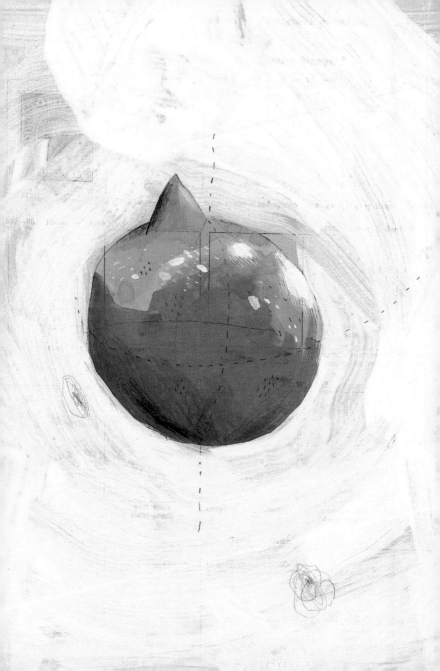

CHAPITRE 1

 Tout à fait au commencement du début, ou plus exactement au tout début du commencement, il n'y avait rien. Il n'y avait pas de jour, il n'y avait pas de nuit. Il n'y avait pas de terre ni de mer, il n'y avait pas de soleil ni de lune. Il n'y avait pas d'hommes, ni de femmes, ni d'enfants. Il n'y avait rien du tout. Rien (presque) du tout, sauf une montagne, mais une très grosse montagne, qui prenait toute la place.

Un jour la montagne trembla, puis elle trembla encore plus fort, et puis encore si fort qu'elle se cassa.

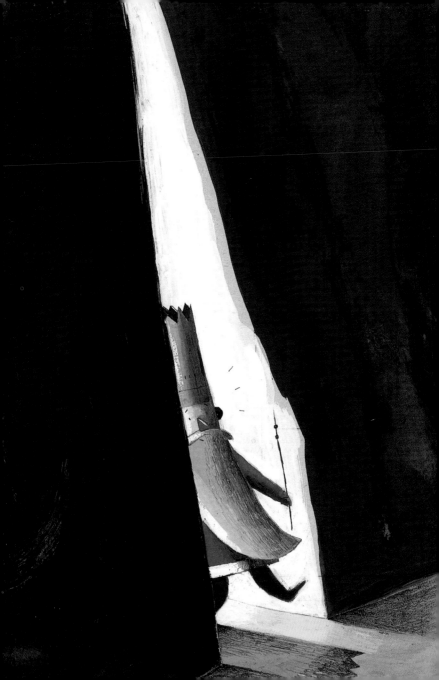

Il en sortit un roi géant et magnifique, un roi superbe. Il était vêtu d'un habit de roi incrusté de pierres précieuses et portait une couronne en or. Dans sa main il tenait un sceptre royal.

« Qu'est-ce que je vais bien pouvoir faire, tout seul dans le monde, avec une seule montagne, et cassée en plus ? » se demanda-t-il.

Comme il avait le pouvoir de faire exister des choses qui n'existaient pas, et que les montagnes étaient la seule chose qu'il connaissait, le roi Superbe créa plein de montagnes. Il s'amusa à les arpenter de long en large et de haut en bas pendant quelque temps, puis ça l'ennuya.

– Et maintenant, qu'est-ce que je pourrais bien faire pour m'occuper ? lâcha le roi Superbe.

En disant cela il eut soif, et inventa l'eau. D'abord il en but pour étancher sa soif, puis il en mit au creux des montagnes pour faire des piscines. C'étaient des piscines gigantesques, des piscines de géant, aussi vastes que la mer Méditerranée. Il s'y baigna de long en large et de large en long, plongea à pieds joints dedans et nagea de plus en plus loin.

– Mais c'est que ça donne faim ! s'écria-t-il
en sortant de l'eau.

Pour son premier repas, il inventa le poulet rôti, les frites et la glace au chocolat. Pour son deuxième repas, il inventa le poisson à la sauce gribiche, le riz et la mousse au chocolat. Pour son troisième repas, il inventa le bœuf miroton, les pâtes au beurre

et la charlotte au chocolat. Il passa quelque temps à se régaler à manger, puis il eut une indigestion (peut-être avait-il mangé trop de chocolat ?) et il fut obligé de rester au lit pour se soigner.

– J'ai envie de compagnie, dit-il.

Alors le roi créa deux **13**
fils qui lui ressemblaient.
Ils étaient jumeaux, deux géants forts et
magnifiques comme lui. L'un avait une
énorme barbe fleurie mais pas un poil sur la
tête, tandis que l'autre était chevelu comme
son père mais n'avait pas de barbe.

– Je vais vous appeler l'un Alain et l'autre
Alautre, décida-t-il.

Alain adorait courir, tandis qu'Alautre aimait
surtout nager. Avec l'immense pouvoir qu'ils
tenaient de leur père, ils pouvaient faire que
tout l'espace devienne terre ou eau.

Un jour, Alain fit une blague : lorsque Alautre plongea, il retira toute l'eau et Alautre se cogna la tête.

De la même façon, Alain était en train de courir par-dessus les montagnes quand Alautre transforma la terre en eau, et Alain faillit se noyer.

Bizarrement, chacun rit beaucoup de sa propre blague, mais ne trouva pas du tout drôle celle de son frère.

Ils se mirent à se battre mais, comme ils étaient exactement aussi forts l'un que l'autre, il n'y eut ni vainqueur ni vaincu, seulement des yeux pochés, des dents cassées et des bleus partout. C'est dans ce triste état qu'ils allèrent voir le roi leur père.

Le roi Superbe était toujours content de voir arriver ses fils. Ça le distrayait. Ils lui racontaient ce qu'ils avaient inventé, et le roi s'amusait de ces récits. Cependant, il ne fut pas très heureux de voir leurs têtes amochées.

– Père, commença Alain, il m'embête sans arrêt. Il m'empêche de courir en transformant la terre en eau.

– C'est lui qui a commencé en transformant l'eau en terre quand je me baignais, répliqua Alautre.

Le père réfléchit et leur dit :

– Afin que vous soyez satisfaits tous les deux,
j'en décide ainsi : la moitié de l'espace sera
terre, et l'autre moitié sera eau. Ainsi vous
pourrez courir et nager comme bon vous
semblera.

C'est ainsi que la terre et les eaux furent
partagées sur la planète Superbe.

Les jumeaux furent satisfaits. Alain courut
à son aise, Alautre nagea tant qu'il en avait
envie, et ils s'entendirent très bien l'un avec
l'autre pendant quelque temps.

Un jour, Alautre, qui avait toujours froid
quand il sortait de l'eau, inventa le soleil
pour se réchauffer.

Quand il vit cela, Alain, qui avait toujours trop chaud à force de courir, créa l'ombre fraîche, ce qui mit Alautre en fureur.

Ils commencèrent à se battre, mais ils ne réussirent pas à se mettre d'accord, aussi retournèrent-ils voir le roi leur père.

Quand il vit l'état déplorable dans lequel se trouvaient ses fils, le roi fut plutôt fâché mais, comme il était très bon et patient, il ne se mit pas en colère et les écouta.

– Père, dit Alautre, j'ai inventé une chose merveilleuse, le soleil. Il nous réchauffe et fait pousser des graines sur la terre. Mais Alain, pour se venger, a inventé les ténèbres qui recouvrent tout et me glacent !

– Père, c'est que je ne supporte pas la chaleur du soleil ! se plaignit à son tour Alain. Ma tête sans cheveux rougit et brûle et me fait terriblement souffrir !

Le roi réfléchit et leur dit :
– Afin que vous soyez satisfaits l'un et l'autre,
j'en décide ainsi : la moitié du temps sera
lumineuse et chaude, et l'autre moitié sera
sombre et froide.

Ainsi furent séparés le jour **25** de la nuit sur la planète Superbe. Les jumeaux furent satisfaits. Mais la première nuit, au moment de se coucher, ils se disputèrent, car Alain voulait dormir dans le noir, et Alautre voulait une lumière. Alautre créa une lampe de chevet, Alain l'éteignit et ainsi de suite toute la nuit, ce qui fit que ni l'un ni l'autre n'arriva à dormir une minute.

Ils retournèrent voir le roi leur père, qui ne fut pas du tout heureux de voir leurs cernes sous les yeux. Cependant, il voulut encore arranger les choses et il les écouta patiemment.

– Père, dit Alain, ça ne peut plus durer ! Il allume la lumière toute la nuit pour m'empêcher de dormir !

– Et lui, se plaignit Alautre, il fait exprès d'éteindre alors que j'ai peur dans le noir.

Le roi réfléchit et leur dit :

– Afin que vous soyez tous deux satisfaits, j'en décide ainsi : il y aura des lampes dans le ciel pendant la nuit. Ainsi, il ne fera ni tout à fait jour ni tout à fait nuit, et vous pourrez chacun dormir sans vous gêner.

Ainsi naquirent la lune et les étoiles sur la planète Superbe.

La nuit suivante, quand ils eurent sommeil, les deux frères géants se mirent au lit. Leur lit était gigantesque, aussi grand qu'un océan. Mais leur couverture était trop courte. Aussi la tirèrent-ils tous les deux à eux, et ils passèrent la nuit à se disputer.

À l'aube, ils allèrent trouver le roi leur père, et le roi fut très contrarié de les voir arriver avec des têtes boudeuses et ensommeillées.

Il les écouta en soupirant et leur dit à la fin :
– Afin que vous soyez satisfaits tous les deux, j'en décide ainsi : la première moitié de la nuit ce sera toi qui auras la couverture, Alain, et la deuxième moitié ce sera toi qui l'auras, Alautre. Il en sera de même pour la sieste. Allez, et tâchez de ne plus vous disputer.

Et c'est ainsi, à cause de deux géants qui se disputaient une couverture, que furent créées les marées. Quand le géant qui dormait la tête à un bout tirait la couverture à lui, il produisait la marée haute de son côté et la marée basse à l'autre bout, et vice versa.

CHAPITRE 5

33

Et les deux géants jumeaux s'entendirent bien ensemble pendant quelque temps, puis ils recommencèrent à se chamailler. Le roi Superbe réfléchit longuement et se dit que, probablement, ça manquait de vie sur la planète Superbe. Il donna à chacun de ses fils une femme pour qu'ils fondent une famille, et il en créa une pour lui aussi.

Le roi Superbe était très heureux avec la reine Superbe, qui était belle, douce et en plus une excellente pâtissière.

Mais Alain et Alautre continuaient à se disputer.
Quand ils ne se disputaient pas entre eux, ils
se disputaient avec leur femme, après c'étaient
les femmes entre elles qui ne s'entendaient
plus, et puis les couples se mirent à se disputer
aussi entre eux.

Alors, le roi en eut assez, assez, assez !
Sa patience était à bout. Il se fâcha tout
rouge et leur dit :
– Avant j'étais seul et je m'embêtais. Mais
depuis que je vous ai créés, vous ne me causez
que des soucis !
Maintenant,
débrouillez-vous
tout seuls et
fichez-moi
la paix !

35

École Jean-Leman
4 avenue Champagne
Candiac, Qué.
J5R 4W3

Tout en disant ces mots, le roi pensa qu'il avait probablement trouvé LA solution. Il prit chacun de ses fils par la main et leur dit :

– Écoutez-moi bien, car j'en ai décidé ainsi. Jusqu'à présent j'ai essayé de vous contenter l'un et l'autre en offrant à chacun ce qui lui faisait plaisir, mais je vois que ça n'a servi à rien. Alors j'ai trouvé une solution qui sera valable pour tous ici : il y aura la paix sur cette planète. Sur la terre et sur la mer, sous le soleil et les étoiles. Il y aura la paix sur vos femmes et la paix sur vous-mêmes. Allez, maintenant, et ne vous disputez plus.

37

Ainsi fut créée la paix sur la planète Superbe, et les jumeaux magnifiques, leur femme et leurs enfants, les enfants de leurs enfants et les petits-enfants de leurs petits-enfants et tous ceux qui naquirent ensuite furent satisfaits et ne se disputèrent plus jamais.

Et il en fut ainsi jusqu'à la fin des temps sur la planète Superbe.